Koko
Lohikäärmesydämestäni

Qyamian kirjat

~ *novelli* ~

Koko

Lohikäärmesydämestäni

✼ ✼ ✼

Skessa Kaukamaa

© 2021 Skessa Kaukamaa
www.skessakaukamaa.fi

Lohikäärmepiirustus (s. 11):
© 2021 Anja Korkiakangas

Kustantaja: BoD – Books on Demand, Helsinki, Suomi
Valmistaja: BoD – Books on Demand, Norderstedt, Saksa
ISBN: 978-952-803-627-2

Kannen suunnittelu: Skessa Kaukamaa

Bedorelle.

Kiitos,

kun veit

minut kotiin.

Lisätietoja Qyamiasta ja sen kansoista:

www.skessakaukamaa.fi

Sinulle, Gregon.

Kuuletko, kuinka tuuli kuiskaa? Mukanaan kyynelten pisarat, hengityksen usva ja elämän lämpö. Tunnetko olevasi elossa? Uudessa maailmassa, uudessa kehossa, uuden mielen kannettavana. Toivotko, ettet muistaisi mennyttä? Pelkäätkö kohtaavasi sen jälleen? Vai odotatko?

Näen sinut. Näen sinut joka kerta, kun suljen silmäni. Seisot edessäni – niin elävänä, että pystyn kuvittelemaan kosketukseni poskellasi. Ihosi on karhea, tuhansien vuodenkiertojen parkitsema, mutta silti se antaa ikuisen elämän lämmön huokua sormiani vasten. Olet täydellinen.

Ehkä tänään taas löydän sinut.

Kuljet rantaniityllä kuten silloin, mutta tällä kertaa aallot eivät lyö ylitsesi. Laskeudun sormellesi kuin tuulessa kieppuva puunlehti. Yritän näyttää suurelta, venytän itseäni joka suuntaan, avaudun kuin kukka. Huudan sinulle mieleni sanoin, vaikket ymmärrä kuunnella minua. Et tällä kertaa.

Mutta kun katsot opaalinhohtoisia siipiäni, valkeita sarviani, violetinhehkuisia silmiäni – ymmärrät, ettei tämä elämä ole ainoa. Tämä on vain elämä edellisen ja seuraavan välissä. Puhallat minut takaisin lentoon. Päästät minut menemään, rohkaiset kohti uutta alkua.
Lepattavat siiveniskuni muuttuvat kiireisiksi. Tällä kertaa minulla on vain tämä päivä. Yksi päivä perhosena, kunnes saapuva ilta hukuttaa sieluni, tuuli repii siipeni jumalten uhratessa ruumiini pedoille. Vielä mikään ei siis ole muuttunut paremmaksi.

Malttamattomana lennän kohti määränpäätäni. Kohti iltaa, kohti seuraavaa elämääni, jossa jälleen odotan sinua. Jatkan näin elämästä toiseen, kunnes kohtaan sinut maailmassa, johon synnymme viimeinkin samankaltaisina. Riittävän samanlaisina, jotta voin rakastaa sinua kuten ennen. Koko Lohikäärmesydämestäni.

Ikuisesti sinun, Ogyr

© Anja Korkiakangas

Valerqundassa,
Suurten Vuorten
salaisessa laaksossa,
noin kuusi ja puoli miljoonaa
pyörrettä sitten.

Silloin,
kun aikaa vielä
laskettiin vuodenkiertoina.
Päättymättömän
Meren pinnalla,
Qyamiassa.

Oqyr heräsi Haltiasyntyisten ääniin, kun miehet puhuivat jossain lähistöllä. Tai ehkä hän heräsi heidän läsnäoloonsa, joka tuntui hyvin vahvana – niin vahvana, että heidän täytyi olla turhankin lähellä. Kaksi miestä, Oqyr aisti sen selvästi.

"Kyllä vain, kovana kuin kivi", miehistä toinen totesi äänessään erikoinen vivahde ja naurahti samalla.

Oqyr terästi kuuloaan, mistä ihmeestä miehet nyt höpisivät. Keskellä yötä ja vieläpä järven tällä puolen, missä Oqyr oli nimenomaan kuvitellut saavansa nukkua rauhassa.

"No ei kai sentään? Eihän se ole mahdollista."

Oqyr tunnisti vastaan väittäjän Acalmoniksi, joka oli johtanut Haltioita näiden saapuessa Valerqundaan.

"Miksei olisi? Jumalten kiroukset eivät enää kosketa meitä."

"Ei se silti tarkoita, että heti alkaisi seisoa."

Oqyr oli aikeissa nousta ja pyytää Haltiasyntyisiä menemään johonkin muualle, kun yllättäen ilmassa vellova tunne pakotti hänet jähmettymään aloilleen.

Toinen miehistä naurahti jälleen, ja hänestä huokui vahva nolostuneisuus. "Ehkä ei, mutta..."

"Mikä sinun on? Mistä tämä nyt johtuu?" Acalmon kyseli, ja hänen äänessään oli ripaus huolta.

"No mitä luulet? Ei parituhatta vuodenkiertoa muuta mitään. Mikään ei saa minua unohtamaan... Kaikki johtuu sinusta, eikö sen pitäisi olla kysymättäkin selvää."

Haltiasyntyiset eivät selvästikään tienneet Oqyrin olevan lähistöllä. Hänen ajatuksensa lähtivät poukkoilemaan sekavina. Pitäisikö hänen ilmoitella miehille läsnäolostaan, ennen kuin nämä paljastaisivat hänelle liikaa? Jospa nämä vain jatkaisivat matkaansa järven ohi, jolloin olisi ehkä parempi, etteivät he tietäisi Oqyrin kuulleen heidät. Aistineen heidän syttyvät himonsa.

Oqyr vaiensi äänekkäät ajatuksensa ja painautui maata vasten. Miesten askeleet lähestyivät, heidän raskaat hengityksensä saattoi jo kuulla. Nyt Oqyrin täytyisi olla kuin ei olisikaan. Jos hän esittäisi nukkuvaa... Vaan olisivatko Haltiasyntyiset yhä riittävän höynäytettävissä?

Yllättäen miehet pysähtyivät tälle samaiselle rantaniitylle, jonka reunalla kasvavien puiden juurella Oqyr oli. Katsomattakin hän aisti näiden sijainnin. Miehet olivat ajautuneet lähestulkoon hänen ja järven välille, kuinka hemmetissä nämä eivät vieläkään nähneet häntä?

Yö oli pimeä, taivas pilvinen. Ainoastaan Lohikäärmeiden kuu hohti utuisen kuulaana pilviverhon läpi valaisten edessään lipuvat pilvet, mutta laaksoon asti sen valo ei tänä yönä yltänyt. Eikä sen tarvinnutkaan, sillä Epäkuolleet näkivät pimeässä kutakuinkin yhtä hyvin kuin päivänvalossa. Joskin omasta kokemuksestaan Oqyr tiesi, ettei pimeänäkö ollut hetkessä täydellinen.

Haltiasyntyiset olivat ottaneet sielunsa tuhoavan mustan veren omakseen vasta jokunen aurinkojen nousu sitten. Muutos jumalten luomasta Epäkuolleeksi, hylätyksi Meren lapseksi, veisi oman aikansa. He eivät välttämättä nähneet vielä kovinkaan hyvin... Eivät pimeydessä, eivätkä muutenkaan. Eivät muiden ajatuksia tai läsnäoloa. Sitä, miltä kukakin *tuntui*.

Hyvin hitaasti, varovaisesti ja mahdollisimman ääneti Oqyr kohottautui nojaamaan toisen kyynärpäänsä varaan, jotta hän saattoi tavoittaa myös katseellaan nuo järven tälle puolen saapuneet miehet. Oqyr näki heidät selvästi. Ero pilviseen päivään oli olematon.

Toisaalta se tuntui jopa epämukavalta, yliluonnolliselta, sillä Oqyr ei ollut itsekään ehtinyt vielä tottua kaikkiin näihin muutoksiin, joita hänessä oli tapahtunut sen jälkeen, kun hän oli päätynyt mustan veren kantajaksi.

Joskaan kaikkia muutoksia hän ei ollut kokenut, eikä tulisi niitä täydellisinä kokemaankaan, sillä hänen vahva Lohikäärmesydämensä oli säilynyt Epäkuolleiden vereltä vapaana. Se oli samaan aikaan hänen onnensa – ja kirouksensa.

Juuri tätä puhdasta Lohikäärmesydäntä vihlaisi nyt niin tavattoman paljon, kun Oqyr näki Haltiasyntyiset miehet toistensa lähellä. Kuinka Acalmon hellästi kosketti tuon epävarmuudesta tärisevän miehen poskea ennen kuin poimi tämän kasvot kämmentensä väliin ja suuteli tätä.

Kunpa Oqyr olisi ollut kuten nuo miehet olivat. Kunpa hänkin olisi ollut yhtä paljon Ihmisen kaltainen. Hän osin kyllä muistutti Ihmistä, mutta paljon suurempi osa hänestä oli jotain aivan muuta. Suomujen peittämä siivekäs *hirviö*, jollaisena hän viime aikoina oli alkanut itsensä kokea.

Kunpa Epäkuolleisuus olisi muokannut hänen ulkomuotonsa samanlaiseksi kuin kaikilla muilla tässä laaksossa. Se ei ollut liikaa toivottu. Pystyihän musta veri paljoon muuhunkin, mikä kaikki tuntui yhtä lailla mahdottomalta. Se pystyi kumoamaan sen, mitä jumalat olivat luoneet. Se pystyi rikkomaan jumalten asettamat rajoitukset, kiroukset, kuolevaisuuden. Se muutti silmien värin, toi iholle tuhkanharmauden, nosti verisuonet pintaan. Se antoi äärettömän nopeuden ja ketteryyden, teki kenestä tahansa jopa vahvemman kuin Lohikäärmeet.

Joten miksei se voinut tehdä Epäkuolleista täydellisen samanlaisia? Muuttaa heidän muotonsa tyystin uudenlaiseksi. Yhtäläiseksi Meren kansaksi, vailla mitään yhdennäköisyyttä jumalten luomiin kansoihin verrattuna. Tällöin Oqyr olisi kuten muut. Hän olisi kuten se Ihmissyntyinen, jota hän koko Lohikäärmesydämestään rakasti.

Oqyr huokaisi. Hän mietti tällaisia turhaan. Niin himokkaita kuin nämä Haltiasyntyiset nyt olivatkin, olisi tuo hekuma vain väliaikaista, mikäli Qyamiaa ympäröivä Meri ottaisi kansansa takaisin valtaansa. Se ei ollut jumalia yhtään sen armollisempi vaan päinvastoin.

Aikojen alusta asti se oli halunnut tuhota kaiken ja joka ikisen. Hukuttaa Qyamian pohjattomiin vesiinsä ja saavuttaa täydellisen yksinäisyyden, rauhan. Ja juuri tuota lopullista tuhoa varten Meri oli luonut tämän Epäkuolleen kansansa – mutta sittemmin hylännyt heidät, eikä kukaan tiennyt miksi.

Halutessaan Meri ottaisi kansaltaan kaiken pois. Juuri niin se oli aiemmin tehnyt, joten se voisi tehdä sen koska tahansa uudestaan. Ottaa Epäkuolleet takaisin valtaansa, viedä näiltä pienimmänkin kyvyn rakastaa, aivan kuten jumalat olivat muinoin vieneet Haltioilta.

Joten kuinka tavattoman ristiriitaista olikaan, että nyt mustan veren vallassa nämä Haltiasyntyiset miehet olivat täysin kykeneväisiä ruokkimaan nälkäiseksi yltyviä halujaan. Ja ainoastaan siksi, että Meri, heidän uusi *jumalansa*, oli jättänyt heidät vaille huomiota.

Oqyr saattoi tunnistaa miehistä myös toisen, jonka kimpussa Acalmon jo täyttä päätä vehtasi. Oqyr pystyi yksilöimään miehen tätä ympäröivän tunteen perusteella, joskaan hän ei tiennyt tämän nimeä. Hän ei tiennyt kenenkään nimeä, sillä Epäkuolleet eivät käyttäneet niitä. Heille riitti se, miltä kenenkin läsnäolo tuntui, sillä jokainen tuntui erilaiselta.

Tietenkin jokaisella oli siitä huolimatta nimi perintönä kadonneesta sielullisesta elämästä. Niinpä toinen näistä miehistä oli nimeltään Endarco. Syntyjään hän oli Acalmonia nuorempi Suurhaltia, joka ei ollut aikojen alusta asti elänyt Syvähaltia, kuten Acalmon. Oqyr oli oppinut Haltioista ja näiden juurista paljon uutta sen jälkeen, kun nämä olivat tulleet Valerqundaan, Epäkuolleiden laaksoon.

Oqyrin suhde Haltioihin ja Haltiasyntyisiin oli kylmä, mikä osin johtui Gregonin asenteesta näitä kohtaan. Gregon oli Epäkuolleiden kansan johtaja, ja hän suorastaan vihasi näitä Ayrnasta saapuneita jo syntyjään kuolemattomia paskiaisia.

Joskaan se ei ollut koko totuus Gregonista ja tämän suhteesta Haltiasyntyisiin. Oli näet ollut eräs syntyjään Salohaltia, kuolevainen Civyren Sydänhaltia, jota edes musta veri ei ollut onnistunut kuolemalta pelastamaan. Ja jota Oqyr uskalsi väittää Gregonin jollain tasolla jopa rakastaneen.

Oqyr puri hampaitaan ajatustensa kuohahtaessa jonnekin hänen ulottumattomiin. Sydän kivusta huutaen hän katsoi, kuinka Acalmon siirtyi Endarcon taakse ja suuteli tämän kaulaa, niskaa, leukapieltä ja näykki korvaa samalla, kun keräsi miehen tunikan helmat käsiinsä. Oqyr lähes pidätti hengitystään. Enää hänellä ei todellakaan ollut varaa jäädä kiinni täältä tirkistelemästä.

Kuinka varomaton hän oli ollutkaan antaessaan ajatustensa riistäytyä suorastaan pauhaavaksi koskeksi. Nopeasti Oqyr patosi ne aloilleen, vaiensi mielensä ja sydämensä palon. Hänen olisi parempi asettua *mukamas nukkumaan* siltä varalta, että Haltiasyntyiset tai kuka tahansa tavoittaisi hänet täältä.

Silti jokin pakotti Oqyrin pysymään aloillaan, antamaan itselleen luvan katsoa näitä miehiä, jotka riisuivat toisensa paljaiksi. Kuinka heidän kätensä ja huulensa tunnustelivat toistensa vartaloita, silmien yhä opetellessa läpäisemään pimeyttä, jotta he voisivat nähdä toisensa täydellisesti, täydellisinä.

Kielletty, tukahdutettu kaipuu heräsi Oqyrin sisällä. Hän päästi itsensä haaveilemaan. Kuvittelemaan, että hän saisi tehdä samoin Gregonille. Ottaa miehen syliinsä ja tuntea tämän halusta palavat huulet omillaan.

Myös Gregon pystyisi tähän kaikkeen, jos hän aidosti yrittäisi. Hän pystyisi olemaan kuten nuo Haltiasyntyiset, jos hän vain hylkäisi Meren ja luottaisi

Oqyriin. Mutta miksi Ihmissyntyinen tekisi mitään sellaista Lohikäärmesyntyisen vuoksi?

Vaikka nuo syntyjään Haltiat eivät olleet onnistuneet pääsemään suosioon Valerqundassa, oli Oqyrin pakko myöntää näiden miesten ääretön kauneus, sillä he olivat yhtä kauniita kuin Ihmissyntyiset. He olivat Lohikäärmeisiin verrattuna täydellisellä tavalla karsittuja. Ei mitään ylimääräistä, vain toisiinsa sulautuvat vartalot, jotka saivat parin näyttämään yhdeltä.

Miehiä ympäröivä tunne ei ollut enää pelkkä mielentunne, jota Oqyr saattoi lukea, vaan hän pystyi uppoutumaan sisälle tuohon aistien leikkiin. Hän tunsi, miltä Endarcon lihakset tuntuivat Acalmonin kättä vasten. Hän tunsi tämän ihon lämmön, silkkisyyden. Hän tunsi, miltä tämän huulet tuntuivat Acalmonin huulilla, miltä iho maistui suun riistäytyessä omalle seikkailulleen ja miltä nänni tuntui vaeltelevan kielen päässä.

Huomaamattaan Oqyr hengitti raskaammin, kun Endarcon kovana odottava elin pääsi viimeinkin Acalmonin käden hellään puristukseen. Kiusoittelevan hidas edestakainen liike ei saanut Endarcoa pysymään aloillaan, vaan pakotti hänet tarttumaan Acalmoniin –

antamaan tälle samalla mitalla takaisin, kun tämä kerran halusi leikkiä näin. Hitaasti, hellästi, hetkeä pitkittäen.

Lohikäärmeiden kuu työntyi esiin pilvien välistä. Sen kelmeä valo levittäytyi laaksoon saaden Haltiasyntyisten vartalot kiiltelemään hiestä miesten jahdatessa toisiaan kosketuksillaan, jotka pakottivat heidät kiemurtelemaan hekumalliseksi yltyneen himon kourissa. He liikkuivat ja hengittivät sulavasti samaan tahtiin, eikä Oqyr saanut silmiään irti heistä.

Samaan aikaan hän oli piinaavan tietoinen siitä, ettei pimeys ollut enää riittävä kätkeäkseen häntä muiden katseilta. Vaikka metsän varjo lankesi Oqyrin ylle, hänen vaalea ihonsa ja hohtavat suomunsa heijastivat hänet kavaltaneen kuun valoa. Oqyr toden totta toivoi, etteivät miehet huomaisi häntä. Ja hän toivoi sitä kaikkein eniten siksi, etteivät nämä keskeyttäisi kiimaista hetkeään.

Huomatuksi tulemisen pelko alkoi pian kuitenkin tuntua omalla tavallaan mieltä kutkuttavalta, jopa kiihottavalta – mikäli pelko ei kävisi toteen. Eikä Oqyr ollut siitä liian huolissaan. Hän tunsi miesten täyteen roihuun syttyneen yhteisen kiihkon, joka ei jättänyt heidän mielilleen enää tilaa ymmärtää maailmaa heidän ympärillään.

Kun Acalmonin käsi vaihtui kieleen, joka lipoi Endarcon kalun päätä, tuntui Oqyrista aivan kuin hän olisi tahattomasti tavoittanut Endarcon katseen. Oqyr hätkähti, muttei ehtinyt reagoida tähän sen enempää, kun Endarco jo näytti sulkevan silmänsä. Ainut, mitä Oqyr ilmasta aisti, oli lähestyvän kliimaksin jano. Hän tunsi Endarcon purevan huultaan Acalmonin pyrkiessä yhä pitkittämään tätä hetkeä, jolloin nautinnollisen kiduttava tuska laskeutui myös Oqyrin ylle.

Kunpa joku koskettaisi häntä, painautuisi vasten polttavan kuumana. Oqyr sulki silmänsä, painoi kätensä rintaansa vasten ja antoi sen hitaasti liukua ihollaan. Hän saattoi kuvitella ihonsa olevan samanlainen kuin Gregonilla. Kätensä tuntuvan samalta kuin Gregonin käsi, joka vaeltaisi hänen vatsalihastensa päällä siirtyen koko ajan alemmas – jolloin sitä vastassa olisivat hopeiset suomut. Ei mitään muuta kuin nuo hemmetin suomut.

Huokaisten Oqyr viimein painautui takaisin maan tunteettomaan syliin. Hän yritti nöyrästi niellä pettymyksensä, tuon sydäntään raastavan tunteen. Kylmän yksinäisyyden, joka valvottaisi häntä tämän yön – kuten niin monta muutakin yötä.

Kun Haltiasyntyisten kiihko purkautui syvän täydelliseen tyydytykseen, ja nämä aikansa hengähdettyään nousivat poistuakseen, Oqyr esitti nukkuvaa. Hänellä ei ollut rohkeutta lukea ainuttakaan mielensanaa siitä, oliko hän tullut huomatuksi.

*****

Taivas oli pilvetön. Auringot olivat kääntyneet palaamaan kohti Merta, joka odotti niitä Suurten Vuorten takana, mutta iltaan oli kuitenkin vielä aikaa. Oqyr käveli vuoristojärven rannalle ja seisahtui kitukasvuisen, kiemurarunkoisen lehtipuun vierelle.

Aurinkojen kultaiset säteet osuivat väreillen Oqyrin tummuneisiin, ennen niin kirkkaanhopeisiin suomuihin, jotka yhä taittoivat valoa prisman lailla opaalin eri sävyihin. Nyt nuo sävyt olivat tummia, syvän vahvoja, kun ennen ne olivat olleet hennosti hehkuvia. Hän oli yksi Epäkuolleista – ja silti erilainen.

Mietteissään Oqyr koukisti jalkansa alleen ja laskeutui makuulleen hetteisen niemen pehmeälle pohjalle.

Luonnostaan hän kiersi häntänsä Lohikäärmekylkensä vierelle ja huokaisi sitten syvään.

Hän olisi halunnut puhua Gregonin kanssa, mutta mies ei ollut laavullaan. Toisaalta Oqyr oli harmissaan, vaikka asialla ei ollutkaan varsinaisesti kiire, mutta odotus saattaisi saada hänet toisiin aatoksiin. Pysymään sittenkin vaiti. Hän huomasi epävarmuuden jo kutkuttelevan mieltään. Mitä hän oli edes ajatellut? Hän oli yksi typerys.

Jo useamman päivän ajan Oqyr oli ollut poissaoleva. Hän ei jaksanut keskittyä Epäkuolleiden keskusteluihin tulevasta sodasta, vaikka hänen olisi pitänyt. Kaikkein tärkeimmät pohdinnat käytiin eri synnyinkansojen johtajien kesken, joihin hän tämän mantereen ainoana Lohikäärmesyntyisenä luonnollisestikin kuului.

Ryhmään kuului lisäksi Acalmon, jonka seurassa Oqyr oli alkanut tuntea itsensä vaivautuneeksi sen jälkeen, kun hän oli nähnyt tämän Endarcon kanssa rantaniityllä. Vaan ehkä vieläkin pahempaa oli, että ryhmään kuului myös Gregon, Ihmissyntyisten ja koko Epäkuolleiden kansan johtaja.

Gregonin seurassa Oqyr kyllä viihtyi, mutta vain kahdestaan, jolloin ei tarvinnut puhua mitään. Kun he ainoastaan olivat, lähekkäin, ajattelematta yhtikäs mitään. Kun Gregon epäröimättä nojasi selkänsä hänen Lohikäärmekylkeään vasten, sulki silmänsä, ja Oqyr saattoi keskittyä tuntemaan miehen läsnäolon. Niinä hetkinä hänen oli hyvä olla.

Ja juuri niitä hetkiä hän ajatteli silloin, kun muut punoivat kiivaasti sotasuunnitelmiaan jumalia vastaan. Acalmon ja Gregon, mukanaan myös Örkkisyntyinen Goramogh, joka pyrki päällepäsmäriksi tehden kaikesta entistäkin raskaampaa.

Toisinaan silkaksi kinasteluksi yltyvät neuvonpidot antoivat Oqyrille toki hyvän syyn vetäytyä syrjään, sillä kaikkein vähiten hän jaksoi riidellä. Niin kauan kuin tässä johtotiimissä jokainen keskittyisi pelkästään omaan itseensä ja omiin tarpeisiinsa, olisi täysin turhaa puhua yhtään minkäänlaisesta sodasta. Heidän tulisi vetää samaa köyttä, kaikki yhdessä, vasta sitten he voisivat saada aikaan pitävän suunnitelman.

Oqyr uskoi, että hän pystyisi siihen. Hän pystyisi olemaan yksi tärkeimmistä valttikorteista tulevassa sodassa. Hän tunsi jumalat, hän tiesi niiden ajatukset. Mutta mikäli hänen tunteensa Gregonia kohtaan jäisivät vain roikkumaan ilmaan, ääneen lausumattomina sanoina ja kätkettyinä ajatuksina hänen mielensä ylle, ei hän pystyisi keskittymään mihinkään.

Siispä hänen olisi pakko puhua Gregonin kanssa. Kyse ei ollut siitä, halusiko hän sitä vai ei. Se olisi ainut mahdollisuus jatkaa eteenpäin.

Oqyr ei ollut varma, kuinka kauan Gregon oli ehtinyt tarkkailla häntä laavunsa nurkalta, kun hän aisti miehen katseen. Hän tunsi miehen läsnäolon, tätä ympäröivän tunteen. Hän tavoitti Gregonin ajatukset, joita mies ei ehkä ollut tarkoittanut hänen luettavakseen, sillä ne koskivat Oqyria itseään.

Sitä, kuinka Oqyrin saapuminen Valerqundaan oli muuttanut kaiken. Enemmän kuin kukaan olisi koskaan voinut kuvitella. Enemmän kuin mitä kukaan osasi yhä vieläkään kuvitella. Oqyr nielaisi syvään. Hän kyllä tiesi, ettei ollut muuttanut kaikkea hyvällä tavalla. Gregon ei pitänyt siitä, että Oqyr tunsi *liikaa*.

Oqyr kuuli miehen lähes äänettömät askeleet, kuinka ne lähestyivät häntä, kunnes pysähtyivät hänen taakseen.

"Seuraavassa elämässä olemme molemmat Ihmisiä", Oqyr antoi mielensä kuiskata. "Maailmassa, jossa ei ole

Lohikäärmeitä. Maailmassa, jossa ei ole Meren tahrimia Epäkuolleita."

Hän ei katsonut Gregoniin päin. He kuulivat toisensa, *tunsivat* toisensa – joten ei kai tähän hetkeen muuta tarvittaisikaan. Ei kai tällä hetkellä edes voisi olla mitään muuta annettavanaan.

"Tämän jälkeen ei tule enää muita elämiä", Gregon hymähti.

"Niinkö?" Oqyrin ajatus oli haastavan napakka.

"Miksi maailmankaikkeuden jumalat loisivat meidät uudestaan sen jälkeen, kun meistä on kerran eroon päästy?"

"Tehdäkseen meistä parempia. Pyrkiäkseen täydellisyyteen. Korjatakseen aiempien jumalten virheet, Meren virheistä puhumattakaan. Ja ennen kaikkea, tehdäkseen meistä vapaita."

Oqyr kääntyi katsomaan Ihmissyntyistä miestä. Miksi tämä oli niin synkkäasenteinen? Miksei tämä voinut antaa periksi. "Mitä minun pitäisi tehdä, että päästäisit hetkeksi irti?"

"Irti mistä?" Gregon murahti.

"Merestä, jumalista, sodasta, itsestäsi. Siitä, mitä olet. Epäkuolleisuudesta, tunteettomuudesta –"

"Jos oikein kuulin", Gregon keskeytti Oqyrin tylysti. "Se olit sinä, joka juuri tuumit haluavasi olla jotain muuta kuin mitä olet. Ja nyt minun pitäisi olla jotain muuta kuin mitä olen."

Oqyr tuhahti. Hänen päänsä painui näistä sanoista, jotka olivat iskeytyneet kipeästi häntä vasten. Vieläpä erityisen kipeästi, sillä ne olivat osuneet oikeaan. Hän kuuli Gregonin ottavan taas muutaman askeleen häntä kohti, mutta pysähtyvän jälleen. Tämä jäi yhä liian kauas ollakseen *riittävän lähellä*. Kipu puristi Oqyrin rintaa. Kaikki oli täysin toivotonta.

Oli tavattoman ahdistavaa elää näiden tunteiden kanssa. Etenkin, kun vastassa oli tuollainen – kuinka sen nyt kauniisti kuvailisi? Itsepäinen, tunteeton pessimisti. Tai jotain vieläkin pahempaa. Jonkin sortin elävä kuollut, jolla ei tuntunut olevan aidosta elämästä enää mitään jäljellä. Ei mitään, mistä tämä kiinnostuisi. Ei minkäänlaisia toiveita, ei tavoitteita onnellisuuteen.

"On minulla pyrkimyksiä, tiedät sen varsin hyvin."

"Niin – tuhota jumalat. Muttet välitä, vaikka samalla tuhoutuisit itsekin. Ehkä se jopa on sinun pyrkimyksesi, ainut toiveesi." Oqyr naurahti tukahtuneesti, sillä tämä kaikki oli järjetöntä ja silti liiankin läpinäkyvää.

Samassa hän kuitenkin jännittyi tuntiessaan, kuinka Gregonin kämmen painui hänen takakylkeään vasten. Ihmissyntyisen käsi liukui kevyesti suomujen päällä ja sai ihon niiden alla värisemään.

"Olet aivan oikeassa", Gregon myönsi. "Sitä varten olen yhä olemassa. Jos tehtäväni ei olisi tuhota jumalat, olisin kuollut jo vähintään tuhat vuodenkiertoa sitten. Kukaan ei voi vaatia minulta sen enempää. Kun ne hemmetin paskiaiset saadaan hengiltä, olen ansainnut vapauteni."

Oqyr pidätti hengitystään. Hän olisi halunnut puhua miehelle järkeä, mutta se oli mahdotonta nyt, kun järki tuntui pakenevan hänen omasta päästäänkin. Ehkä Gregon teki sen tarkoituksella, lamaannutti hänet kosketuksellaan... Mutta sehän tarkoittaisi, että tämä tiesi kaiken.

Siinä samassa Gregonin kosketus katosi, ja Oqyrin sisimmän täytti koko maailmankaikkeuden tyhjyys. Ehkä hän olikin heistä se, jonka pitäisi päästää kaikesta irti. Alistua kohtaloonsa ja myöntää, ettei elämällä ollut jäljellä mitään muuta tarkoitusta kuin Meri ja jumalat, nuo heidän vihollisensa – jotka heidän määrätietoisesti tulisi tuhota.

Vihdoinkin Gregon saapui Oqyrin rinnalle. Hänen Ihmismäisen osansa rinnalle, hänen todellisen minänsä rinnalle. Kuinka vahvasti Oqyrista olikaan alkanut tuntua siltä kuin hän olisi sekaverinen, kahden eri rodun luomus, joka tahtoi olla näistä vain toinen – Ihminen. Ja tuo tuntemus, ajatus, se oli täysin naurettava.

Oqyr tunsi joka ikisen suomunsa, varpaansa, hännänpäänsä – aivan samoin kuin hän tunsi sormensa, käsivartensa, kasvonsa.

Hän saattoi vetää syvään henkeä siipiensä juurissa olevilla vesipisaran muotoisilla sieraimillaan ja tuntea, kuinka hänen suuret, vahvat Lohikäärmekeuhkonsa täyttyivät. Ne olivat hänen keuhkonsa, hänen toiset keuhkonsa.

Hän tunsi siipiensä jokaisen lihaksen, niiden voiman ja liikkeen. Vailla ajatustakaan Oqyr saattoi levittää siipensä ja kokea niiden kaipuun saada ilmaa alleen, päästä lentoon – eikä tuo tarve kuitenkaan tullut näistä hänen *siivistään*, vaan hänen oman mielensä sisältä. Hän halusi lentää.

Kaiken tämän lisäksi oli vielä jotain. Hänen kaksi sydäntään, joista toinen niin ikään sykki tuon suomuisen ruhon sisällä. Hänen Lohikäärmesydämensä, joka oli

Epäkuolleiden veren voimaa vahvempi. Lohikäärmesydän, joka sai Oqyrin rakastamaan.

Miehet olivat pitkään vaiti ja kuuntelivat laakson ääniä. Valerqundassa ei ollut koskaan täysin hiljaista. Matala, pensasmainen puusto Suurten Vuorten kupeessa kahisi nyt hiljaa kevyen tuulen havisuttaessa lehtiä. Kauempana pauhaavien vesiputousten kohina kuului tänne vain tasaisen matalana hyräilynä, kun puolestaan lähempänä vuorenrinteeltä järvelle juokseva vesinoro lauloi kuin iloisten pikkulintujen kuoro.

Tuulenvire rikkoi peilaavan järvenpinnan, nostatti sen täyteen pieniä teräviä aaltoja, aivan kuin Lohikäärmeiden suomuja. Aurinkojen säteet loivat niiden sekaan kirkkaiden värien leikkiä, jota Oqyrin tummat silmät seurasivat. Hänen ajatuksensa olivat rauhoittuneet, antaneet hänen mielensä tyhjentyä, hiljentyä. Hänen oli viimein ihan hyvä olla. Tässä, Gregonin rinnalla.

Oqyr vilkaisi miestä, joka tuntui niin ikään olevan vailla ajatuksia. Oli silti mahdotonta tietää, olivatko tämän ajatukset todella vaiti, vai kätkikö hän ne Oqyrilta. Äh, se olisi silkkaa toiveajattelua. Gregonilla ei olisi tällaisena hetkenä sellaisia ajatuksia, jotka pitäisi kätkeä.

"Oletko varma?"

Oqyr hätkähti kysymystä ja ymmärsi antaneensa omien ajatustensa taas herätä – ja saman tien vieläpä liian äänekkäiksi.

"No, jos aiot esimerkiksi tapattaa minut, ja teet sitä varten jonkinlaista taktista suunnitelmaa, niin siinä tapauksessa saattaisit hyvinkin pyrkiä tuumailemaan asiaa minun mieleni ulottumattomissa."

Gregon tiesi Lohikäärmesyntyisen vitsailevan, välttelevän todellista kysymystä. Gregonista oli toisaalta jopa ärsyttävää, että tämä janosi häneltä jotain käsittämätöntä ja samaan aikaan pelkäsi puhua siitä. Pelkäsi kaiken käyvän sittenkin toteen.

"Kuulin tuon", Oqyr tokaisi hiljaa.

Gregon värähti tuskin havaittavasti, silti Oqyr tunsi sen suoraan miehen olemuksesta. Hän tunnusteli Gregonin mieltä, tarkkaili miestä silmäkulmiensa alta, mutta Gregon ei vilkaissutkaan häneen päin.

"Olet väärässä", Oqyr huomautti. "En pelkää enkä välttele. Minä vain... suojelen."

Gregonin kasvoilla pitkään säilynyt ilmeettömyys muuttui ja paljasti miehen yllättyneen.

"Suojelen itseäni toivolta, jota ei sinun kanssasi tunnu olevan", Oqyr jatkoi.

"Mikset saman tien suojele turhilta tunteilta? Pääsisit paljon helpommalla", Gregon iski sanansa kylmän terävästi vasten Oqyrin mieltä.

Gregon oli oikeassa. Ja siihen Oqyr pyrkikin, suojelemaan itseään kaikelta. Mutta siitä huolimatta tämä hetki oli jälleen kerran antanut pienen toivonkipinän syttyä. Hän oli, hemmetti soikoon, antanut sen syttyä!

Ja kuten aina, niin myös tälläkin kertaa Gregon sai välittömästi, pelkällä yhdellä henkäyksellä, jäädytettyä kipinän niin syvään jäähän, ettei se sulaisi enää koskaan. Joten miksei Oqyr vain yksinkertaisesti estänyt uusia kipinöitä syttymästä?

"Koska olet inhimillinen", Gregon vastasi ääneen. "Sanoit itse, että Lohikäärmesydämesi on mustalta vereltä vapaa. Syy ei siis ole sinussa – vaan minussa."

Viimein miesten katseet kohtasivat ja juurtuivat toisiinsa. Oqyr oli niin hämmentynyt, ettei hän osannut sanoa mitään. Kuinka Gregon aivan yllättäen osoittikin jonkinlaista hyväksyntää hänen tunteitaan kohtaan. Se oli täysin odottamatonta, käsittämätöntä.

"Ajattelemme ja koemme eri tavoin. Meidän ei ole viisasta jatkaa tätä leikkiä tämän pidemmälle", Gregon jatkoi taas enemmän itselleen tyypilliseen sävyyn.

"Ei tämä ole mitään leikkiä", Oqyr henkäisi hätistellen mielensä nopeasti liikkeelle. Hänellä ei olisi varaa möhliä nyt, kun heidän välillään oli edes jonkinlainen, joskin haparoiva, tunteiden yhteys.

Oqyr tarkkaili Gregonin vakavia, ilmeettömiä kasvoja. Mies oli armottoman kylmä, etäinen, mutta silti vahvasti läsnä. Epäinhimillinen, tunteeton, pelkkä Ihmiskuori ja kuitenkin jotain paljon enemmän. Oqyr teki päätöksensä. Nyt tai ei koskaan.

"Rakastan sinua", hän tunnusti ääneen lausutuin sanoin, vaikka pelkkä ajatuskin olisi heille riittänyt. "Minä rakastan sinua niin hemmetin paljon, ettei sitä riitä kuvaamaan edes jumalten muinaiset sanat."

Tuntui kuin koko laakso olisi jäänyt toistamaan Oqyrin tunnustusta. Se jatkui vahvana tunteena, joka kaikui äänekkäästi ilmassa heidän ympärillään.

Oqyr olisi halunnut levittää siipensä ja yllyttää niiden voimakkailla iskuilla kevyen tuulen pauhaavaksi myrskyksi, joka olisi repinyt tunteiden sanat olemattomiin. Paiskannut ne Meren syvyyksiin, jolloin he olisivat voineet unohtaa, että nuo sanat olivat joskus karanneet jopa korvin kuultaviksi.

Mutta ei, Oqyr ei tehnyt yhtikäs mitään. Ja yhtä eleettömänä pysyi myös Gregon, jonka kasvoilta tai mielen sisältä ei voinut löytää pienintäkään viestiä siitä, mitä mies tästä rakkaudentunnustuksesta ajatteli. Silti hänen täytyi ajatella jotain. Ei hän sentään voinut olla niin kuollut ja tyhjä, etteikö hän reagoisi tällaiseen edes jotenkin. Oqyr nielaisi syvään ja veti henkeä.

"En voi sille mitään... Ehkä se on heikkoutta, vaikka se saa mieleni tuntumaan vahvalta. Vahvalta silloin, kun annan kipinän syttyä. Mutta kerrassaan hemmetin heikolta silloin, kun sinä nostat tuon tyhjyyden miekan torjuaksesi kaiken, mitä tahtoisin välillemme syntyvän."

Gregon ei vastannut vieläkään, jolloin Oqyr yllättäen tunsi palavaa tarvetta lausua ääneen loputkin mieltään painavat sanat. Ne kaikki, joita hän oli sisällään piilossa pitänyt.

"Siitä ei ole pitkäkään aika, kun sinä lähes itkit Haltiasyntyisen naisen kuolemaa. Mistä muusta siinä olisi voinut olla kyse kuin tunteista? Sinä tunnet – jotain! Joten mikset voi olla avoin ottamaan vastaan sitä, mitä yritän sinulle antaa? Olenko minä niin vastenmielinen?"

Ei vastausta. Kiihdyksissään Oqyr nousi jalkeilleen, jolloin Gregonin mielessä vihdoinkin häivähti jotain.

Vaan ei mitään tärkeää. Se oli pelkkä ohikiitävä ajatus siitä, kuinka voittamattomalta Oqyr kaikessa suuruudessaan näytti. Mikäli Lohikäärmesyntyinen löytäisi mielensä vahvuuden, olisi hän koko Epäkuolleiden armeijan väkevin soturi.

Hengästyneenä Oqyr painoi kätensä ohimoilleen ja yritti rauhoittua. Hän oli kiihtynyt liikaa, kun Gregon ei yrittänyt puolustautua mitenkään – eikä sen paremmin ollut yrittänyt edes vaientaa häntä. Näinköhän mies oli lainkaan kuunnellut hänen vuodatustaan.

"Eikö sinulla ole mitään sanottavaa?" Oqyr henkäisi otsaansa pidellen. "Sano edes jotain... Ihan mitä vain." Hetki sitten hänen ylitseen vyöryneen mielenvahvuuden tilalle oli hiipinyt tuttu epävarmuus, joka sai hänen äänensä värisemään.

Gregon ei vastannut pyyntöön, jolloin Oqyr alkoi hävetä sanojaan. Hän oli sittenkin mokannut kaiken. Gregon ei enää uskoisi häneen vaan pitäisi häntä mieleltään liian heikkona. Hän tuskin enää kelpaisi mukaan tulevaan sotaan, jota varten hän oli Valerqundaan alun perin saapunut.

Hänen olisi pitänyt pysyä hiljaa, kuten hän oli ensin aikonutkin. Mutta ehkä hän todella oli liian heikko tämän kansan keskuuteen, Gregonin rinnalle, sillä näiden tunteiden salailu olisi väistämättä ollut lopulta liikaa. Se oli ollut sitä jo nyt ja ajanut hänet tähän umpikujaan.

"Kun omistin tunteita, joita sinä nyt koet, tunsin niitä erästä Ihmisnaista kohtaan", Gregon aloitti yllättäen ja sai Oqyrin valpastumaan. "Kuvittelin unohtaneeni hänet tässä elämässäni, mutta ehkä sellaista ei vain pysty unohtamaan... Ei, vaikka se olisi kuulunut kauas edelliseen elämään. Mainitsemasi Haltiasyntyinen palautti vahvimmat muistoni ja hänen myötään sain nähdä, etten pysty sellaisiin tunteisiin enää. Kaikki, mitä voin kokea, ne ovat tuntemuksia. Eivät tunteita. En voi kokea enää mitään samanlaista, en tässä elämässä, en edes sinun kanssasi."

Oqyr kuunteli Gregonin mielensanoja taistellen itseään vastaan, ettei hän tarttuisi mieheen kiinni ja käskisi tätä silti yrittämään. Yrittämään vielä tämän kerran. Hän ei voinut olla tuntematta kipeää pistosta syvällä sydämessään nähdessään, kuinka tyhjänä Gregonin katse yhä pysyi. Täysin vailla lämpöä, välittämistä, haikeutta, himoa – vailla tuota kaikkea, mikä täytti Oqyrin sisimmän.

"En voi antaa sinulle niitä tunteita, joita sinä minulta odotat", Gregon lausui ääneen seuratessaan Lohikäärmesyntyisen mielenkamppailua.

"Anna sitten jotain muuta..." Oqyr kuiskasi. "Niin, ettei tämä tunteiden tuska tukahduta minua hengiltä."

"En tiedä, mitä sinä minulta tahdot", Gregon totesi tarkastellessaan sydämensä taakasta kumaraan painunutta jylhän jalokasvoista miestä, joka oli kääntänyt tuskasta huutavan katseensa pois.

Gregon etsi oikeita sanoja. Sanoja, jotka antaisivat Oqyrille kaiken antamatta kuitenkaan liikaa. Mutta sellaisia sanoja oli vaikeaa löytää – ehkä mahdotontakin.

"Olen nyt tässä, sinua varten..." hän viimein aloitti ja siirtyi päättäväisesti aivan Oqyrin eteen. "Joten annan sinulle tämän hetken. Tee, mitä ikinä haluat. Sano nyt kaikki ne sanat, mitä ikinä tahdot – mutta sen jälkeen unohda tuo kaikki. En ole sinun tunteidesi arvoinen. Ja kun sota on ohi, lennä takaisin kotiisi ja tule jälleen onnelliseksi, koko Lohikäärmesydämestäsi."

Oqyr nielaisi syvään. Ei hän voisi olla onnellinen enää missään muualla kuin täällä, tämän miehen rinnalla. Hitaasti hän koukisti jalkansa ja laskeutui takaisin maahan päästäkseen lähemmäksi Gregonia, sillä jälleen kerran hänen *Lohikäärmemäisyytensä* tuntui asettavan rajoja heidän välilleen.

Täällä Valerqundassa Oqyr oli ensimmäistä kertaa eläessään alkanut suorastaan inhota itseään. Kunpa hän voisi olla kuten Gregon, pelkistetysti Ihmisen kaltainen. Mutta silloin hän ei rakastaisi tätä miestä, koska hänellä ei olisi muuta kuin mustaan vereen hukkunut Ihmissydän. Ei tunteita, vain pelkkiä tuntemuksia.

Sitäkö Oqyr toivoi? Se vaikutti niin paljon helpommalta elämältä, mutta olisiko se sitä. Oliko Gregonin elämä helpompaa kuin hänen omansa? Sellaista oli turha edes miettiä, sillä vastaus oli kysymättäkin selvä.

Varovaisesti Oqyr ojensi tärisevän kätensä ja kosketti Gregonin poskea, leukaa, huulia... Mies ei värähtänytkään vaan tuijotti Meren syvyyksiä heijastavilla silmillään suoraan häneen – vaiko sittenkin suoraan hänen lävitseen. Gregonin läsnäolo kaikessa vahvuudessaankaan ei suostunut paljastamaan Oqyrille mitään, jolloin hän väistämättä arpoi, oliko mies vihainen vai pettynyt.

"En ole kumpaakaan, minä ainoastaan vain olen. En suutu sinulle, se sinun pitäisi jo tietää, tuntea. En suutu sinulle mistään."

Oqyrin kasvoilla häivähti hymy, joka kuitenkin katosi saman tien. Ja sekin oli ollut pelkkä hermostunut ele, vaikka hän olisi halunnut olla helpottunut, uskoa Gregonin sanoja.

"Etkö mistään?"

"En mistään."

Oqyr kumartui lähemmäs tuota niin syvästi rakastamaansa Ihmissyntyistä. Kohotti sitten sormellaan tämän leukaa ja katsoi miestä hetken ennen kuin suuteli tätä suoraan suulle.

Gregon ei vastannut suudelmaan, hän ainoastaan *vain oli* – ja se riitti Oqyrille. Hänelle riitti, ettei mies työntänyt häntä pois. Hänelle riitti, että Gregon oli viimeinkin antanut hänelle luvan ja samalla antautunut hänen tunteilleen, vaikka torjui omansa.

Sillä ei ollut väliä, vaikka Gregonin huulet olivat jännittyneen kireät. Eihän Oqyr muuta ollut osannut odottaakaan. Ei edes tätä, mitä hän nyt sai.

Hitaasti Oqyr antoi suunsa vaeltaa miehen kaulalle. Hän antoi hengityksensä silitellä tämän ihoa samalla, kun vei huulensa tämän korvalehdelle ja aisti, kuinka Gregonin ympärillä vallinnut väkinäinen ja kylmän torjuva tunne alkoi vähän kerrassaan antaa periksi.

Oqyr hengitti syvään. Nyt hän ei saisi antaa turhille toiveille valtaa, sillä liika toivominen vain pilaisi kaiken. Hänen tulisi keskittyä nauttimaan läheisyydestä, eikä tavoitella mitään muuta. Joten kaikki ajatuksensa syrjään työntäen hän yritti jälleen suudella Gregonin kaulaa, kun tunsi miehen samassa kääntävän päätään. Ei torjuvasti poispäin hänestä, vaan nimenomaan kasvonsa häntä kohti.

Kysyvänä Oqyr tunnusteli miehen ajatuksia, jotka pysyivät kuitenkin vaiti, sillä mitä Gregon olisi osannut tällä hetkellä edes ajatella. Riitti, että hän alkoi *tuntea* – sydämellään. Ja se sai himon syttymään heidän yllään.

Ahnaasti Oqyr antoi huultensa palata Gregonin huulille, jotka eivät olleet enää kireän jännittyneet, vaan odottavat ja valmiit vastaamaan suudelmaan.

Aika pysähtyi ja sulki heidät sisäänsä. Se oli kuin tyhjiö, mutta silti täynnä aistien leikkiä. Ja vaikka jokin yhä pyrki jarruttelemaan Gregonia, hän ei selvästikään enää kuunnellut sitä.

Hän antoi ajatustensa lipua tyhjyydessä. Se olikin jotain sellaista, minkä hän hyvin osasi. Mutta tällä kertaa hän antoi sisimpänsä sykkiä ja kehonsa liikkua sen tahdissa. Gregon ei ollut enää se *pelkkä eloton ruumis*, joka oli saanut Oqyrin aiemmin tuskastumaan, vaan hän oli palavan intohimon täyttämä *Ihmismies*, jota Oqyr rakasti.

Gregon päästi irti ikuisesta elämästä, hän päästi irti kuolemasta. Tässä hetkessä ei ollut Qyamiaa, ei jumalia, ei Merta. Oli vain hän ja Oqyr. Sekä mieletön tunne, joka vyöryi voimalla hänen ylleen kiihkeän suudelman myötä.

Oqyr painoi otsansa Gregonin otsaa vasten antaakseen miehen hengähtää tovin. Samalla hän kuunteli Gregonin sisälle heränneitä tunteita, jotka tekivät Oqyrista suunnattoman onnellisen. Hän halusi heidän hetkensä olevan täydellinen – heille molemmille.

Epävarmuus kalvoi silti Oqyrin mieltä, sillä hän ei ollut varma, kuinka voisi täyttää kaikki Ihmissyntyisen miehen näkymättömät odotukset. Oqyr ei juurikaan tiennyt muista kuin Lohikäärmeistä.

Hän oli ensimmäistä kertaa eläessään tällä mantereella, Meren takana, Qyamian toisella puolella. Hän näki ensimmäistä kertaa muita kansoja, joista lähinnä vain näitä mustan veren kahlitsemia, Epäkuolleita. Silti Oqyr oli löytänyt Gregonista *jotain* muuta, jotain suurenmoista, ja nyt hän halusi löytää vieläkin enemmän. Kaiken.

Oqyr voisi pyrkiä johonkin sellaiseen, mitä hän oli ehtinyt tällä mantereella nähdä. Samalla hänen täytyisi saada Gregon johdattelemaan itseään, antamaan hänelle vastauksia, edes merkkejä siitä, mistä tämä todella pitäisi. Mitä tämä häneltä haluaisi.

Varovaisesti Oqyr tarttui Gregonin avonaiseen takkiin. Hitaasti ja hieman kömpelöstikin hän työnsi takin miehen hartioiden yli, liu'utti sitä alemmas, kunnes takki valui pois miehen yltä ja putosi maahan.

"Mitä sinä teet?" Gregon kuiskasi, kun Oqyr tarttui hänen tikarivyönsä solkeen.

"Tiedän, etten vaikuta määrätietoiselta... Kansani ei pue ylleen muuta kuin koruja, jos niitäkään, joten olen pahoillani taitamattomuudestani."

Gregon tarttui Oqyria käsistä ja pysäytti ne, jolloin Lohikäärmesyntyinen pelkäsi hetken rikkoutuneen ja kaiken päättyvän tähän. Että kiihkeä tunne heidän ympäriltään oli murenemassa saman tien pois, ja Gregon muuttuisi jälleen kylmäksi.

Pakahduttava tuska täytti Oqyrin sisimmän, kun pelko näytti käyvän toteen Gregonin työntäessä hänen kätensä pois. Oqyr oli mennyt liian pitkälle ja pilannut kaiken. Hän loi surumielisen katseensa Gregoniin, joka sittenkin vain kumartui riisumaan jaloistaan nahkaiset saappaansa.

"En ole menossa mihinkään", Gregon rauhoitteli sekä tarttui Oqyria jälleen käsistä ja ohjasi ne takaisin vyölleen.

Jopa vahva Lohikäärmesydän jätti muutaman lyönnin välistä, kun Oqyr tunsi vatsassaan nuo tuhannet lepattavat siiveniskut, jotka saivat poltteen palaamaan hänen rintaansa ja tekivät hänen olostaan hauraan. Oqyr olisi hävennyt haparoivia otteitaan, ellei hän olisi aistinut sen jollain tavalla miellyttävän Gregonia.

Mies piti hänen epävarmuudestaan. Siitä, kuinka sai ohjata hänen täriseviä käsiään riisumaan jokaisen vaatekappaleen vuorollaan. Hitaasti, kiirehtimättä. Ja välillä pysähtyen, jotta Oqyr saattoi suudella Gregonia sekä tuntea miehen syvän raskaan hengityksen kasvoillaan.

Lohikäärmeet asuivat kaukaisella mantereellaan, joka oli vihalta vapaa. Siellä Oqyr ei ollut koskaan joutunut sotimaan, joten hänen ihoaan eivät kirjoneet arvet, kuten Gregonilla. Miehen selässä kulki lähes rinnakkain kolme paksua arpea, joita pitkin Oqyr liu'utti sormiaan. Valkeat arvet olivat kuin menneiden aikojen riimuja iholla kertomassa tämän mantereen pahuudesta. Täällä maailma oli käsittämättömän julma.

Gregonin selässä oli myös suuri, omituisen muotoinen arpi, joka ei ollut vielä täysin parantunut. Oqyrin koskettaessa arven tasaisiksi palaneita reunoja, miehen iho värähti, jolloin Oqyr hymyili. Hän ymmärsi Gregonin olevan nyt riittävän kaukana Merestä tunteakseen jopa kipua, jota Epäkuolleet vain harvoin kokivat.

Hellästi Oqyr antoi kosketuksensa siirtyä kauemmas arvesta, sillä ei hän sentään halunnut satuttaa Gregonia. Ei koskaan. Ei, vaikka tämä sitä pyytäisi. Vahvasti Oqyr veti miehen itseään vasten ja painoi leukansa tämän olkapäälle. Heidän ihonsa olivat yllättävän samanlaiset, yhtä polttavan kuumat.

Hetken Oqyr saattoi kuvitella olevansa vapaa. Vapaa tältä henkisesti niin raskaaksi muuttuneelta keholtaan, joka jäi hänen silmiltään piiloon hänen harmaanvalkean selkänsä taakse. Hän saattoi huijata itseään, kuvitella olevansa lähes Ihmisen kaltainen. Gregonin kaltainen, tämän vyötäröön asti.

Oqyr antoi kätensä liukua heidän väliinsä, päästi sen vaeltamaan tutkimusmatkalle Gregonin alavatsalle ja sieltä yhä pidemmälle karvaiseksi muuttuvan ihon yli. Hän antoi sormiensa taipua jäykäksi kovettuneen elimen ympärille ja tunsi, kuinka se vavahtaen vastasi hänen kosketukseensa.

Miesten huulet kohtasivat jälleen, hellästi ja maistellen. Aivan kuin Oqyr olisi etsinyt, tunnustellut, imenyt vastausta kysymykseensä.

"Mitä tahdot minun tekevän?"

Gregon ei vastannut. Hän ei ollut alun alkaenkaan halunnut *mitään*, ja jos hän nyt jotain halusi, hän ei osannut pukea sitä sanoiksi. Ei edes ajatuksiksi. Kaikesta tällaisesta oli liian pitkä aika. Siitä oli ainakin tuhat vuodenkiertoa, kun joku oli kiusoitellut häntä näin.

"Näinkö?" Oqyr kuiskasi Gregonin huulia vasten samalla, kun hänen kätensä puristui tiukemmin kalun ympärille.

Gregonin värisevä hengitys riitti vastaukseksi ohjaamaan Oqyrin käden liikkeeseen, joka liu'utti esinahkaa hitaasti edestakaisin.

"Juuri noin", Gregonin pitelemättömäksi riistäytynyt, halusta palava mieli vastasi.

Miehen kaukaiset muistikuvat häilyivät hänen tajunnassaan, josta Oqyr pyrki etsimään itselleen ohjausta, mutta nuo muistot tuntuivat heistä molemmista oudoilta, vierailta. Mikään ei tuntunut tällä hetkellä alkuunkaan samalta kuin tunne näissä välähdyksenomaisissa takaumissa. Oqyrin kosketus ei tuntunut Elvyran hennolta kädeltä sen paremmin kuin Gregonin omaltakaan. Niiden sijaan Oqyrin kosketus tuntui... Se tuntui niin hemmetin hyvältä, että tuskin mikään voisi tuntua vastaavalta.

Oqyr oli varovainen ja silti vahva. Hänen otteensa oli kokeileva, mutta luja. Tuntui, että hän tasan tarkkaan tiesi, mitä teki – ja samaan aikaan hän tuntui kuitenkin sopivasti eksyneeltä.

"Olet täydellisintä, mitä jumalat ovat koko Qyamiaan luoneet", Gregon karkasi kuiskaamaan miehen korvaan, jolloin Oqyr naurahti hiljaa. Onneksi Gregon oli tätä mieltä.

Oqyr ohjasi miehen laskeutumaan kanssaan pehmeään rantaheinikkoon. Hän pyrki pitämään Gregonin mahdollisimman lähellä itseään päästäessään suomuisen vartalonsa keinahtamaan kyljelleen. Samalla hän joutui varomaan toista siipeään, ettei jättäisi sitä alleen. Tilanne sai vaivaantuneen hymyn pyrkimään Oqyrin kasvoille, ja hieman nolostuneena hän katseli Gregonia, joka nojasi kyynärpäällään maata vasten ja tarkkaili hänen ajatuksiaan.

Yllättäen Gregon olikin heistä nopeampi, päättäväisempi. Hän kohottautui kohti Oqyria ja painoi kätensä miehen alakyljelle, ikään kuin vyötärölle. Siihen, missä Oqyrin polttavan kuuma iho kohtasi tummuneiden, mutta silti yhä hopeanhohtoisten, suomujen rajan.

Kosketus sai Oqyrin vavahtamaan mielihyvästä. Iholla juokseva väristys kulki aaltona hänen suomujensa läpi – vaan minkälaisena kuohuna tuo aalto vyöryikään hänen sisällään. Se oli ravisuttava.

Kuinka yllättävää olikaan, että Gregon tuli häntä vastaan, kutsui hänet mukaansa. He todellakin olivat tässä – yhdessä. Oqyr tunsi miehen tarttuvan häneen lujemmin käden siirtyessä puolittain hänen alaselkänsä taakse. Kosketus kutsui Oqyria alemmas, houkutteli häntä kumartumaan Gregonia kohti.

Se oli heidän jo ties kuinka mones suudelmansa, mutta se oli ensimmäinen Gregonin aloittama. Se ei ollut varovaisen hapuileva vaan kiihkeän ahnas. Heissä

51

molemmissa syttyneen himon täyttämä suudelma, joka yltyi samaan aikaan vaativaksi ja kaiken lupaavaksi. Se kutsui Oqyria kumartumaan yhä vain alemmas, jolloin Gregonin käden kosketus kulki ylemmäs hänen selkänsä iholla ja sukelsi hänen valkeiden palmikoidensa sekaan.

Oqyr oli niin hekumallisten tunteiden vallassa, ettei hän kyennyt tekemään muuta kuin nauttimaan, elämään mukana tässä intohimon täyttämässä hetkessä. Hän antoi itsensä painua lähes maata vasten, jolloin Gregonin käsi vaelsi kyljen kautta hänen vatsalleen ja sieltä alemmas. Sormet koskettelivat suomujen reunoja, niiden teräviä kärkiä, kunnes uppoutuivat halun jahtaamina suomujen sekaan, etsiytyivät niiden väliin, kaivautuivat iholle asti.

Oqyrin mieleen syttyi kutkuttavia ajatuksia siitä, mitä kaikkea Gregon voisi hänelle tehdä. Hän voisi antaa miehen leikkiä itsellään, löytää hänen herkimmät paikkansa, saattaa hänet huippuunsa...

Mutta ei, hän ei ollut kerjännyt Gregonia tähän mukaan käyttääkseen miestä sen kaltaiseen tyydytykseen, vaan hän oli kaivannut läheisyyttä, hyväksyntää. Sitä, että Gregon antautuisi hänelle, lopettaisi taistelemasta vastaan, luopuisi Merestä ja sen asettamista raameista. Ottaisi vastaan sen, mitä Oqyrilla olisi hänelle annettavanaan.

Lohikäärmesyntyinen riistäytyi irti suudelmasta, karkasi miehen kaulalle, jolloin Gregonin sormet kadottivat hänen suomunsa. Mies tuoksui kevyesti savulta, vahvasti himolta. Enää turhia aikailematta Oqyrin käsi hakeutui hivelemään Gregonin kalun vartta, ja hänen huulensa lähtivät etenemään suorastaan kiduttavan hitaasti kohti samaa päämäärää.

Oqyr heittäytyi vaistojensa varaan ja antoi niiden johdatella itseään Gregonin täydellisellä vartalolla. Niin pehmeältä kuin rinnasta löytyvä paksu arpi hänen huuliaan vasten tuntuikaan, ei hän jäänyt sen pariin vaan siirtyi pyörittelemään kieltään nännin ympärillä, kunnes matkasi kohti vatsaa. Navan pohjalta hän siirtyi kiusoittelevasti kyljen kautta nivusiin.

Gregon nojautui selin kyynärpäidensä varaan ja katsoi Oqyrin puuhia. Hän alkoi todella ymmärtää, mitä olisi luvassa. Vaan halusiko hän sitä? Voi kyllä – hän halusi juuri sitä ja niin hemmetin paljon. Tiesikö hän, kuinka paljon voisi siitä nauttia? Tällaistako nautinto oli hänen Ihmiselämässään ollut?

Oqyr kuunteli miehen joka ikistä ajatusta, halua. Tunteita, jotka eivät olleet enää pelkkiä tuntemuksia. Hän aisti miehen olevan osin myös hämillään. He molemmat olivat, mutta sen ei saisi antaa häiritä. Sen voisi kääntää jopa hyödyksi, antaa sen tehdä kaikesta vain entistäkin kiihottavampaa.

Kun Oqyrin seikkailunhaluiset huulet olivat vihdoin saapuneet perille, siirtyi hänen kätensä Gregonin lantiolle. Epäröimättä Oqyr antoi sykkivänä odottavan kalun työntyä suuhunsa ja jatkoi käden jättämää leikkiä nyt uusin ottein. Joskin hän oli varsin maltillinen yllyttäen näin Gregonin lähtemään liikkeeseen mukaan, jolloin Oqyrin käsi liukui hänen pakaroilleen.

Gregon janosi tätä koko ajan vain enemmän, minkä Oqyr kyllä aisti. Oli äärettömän kiihottavaa tuntea, kuinka paljon mies häntä halusi, jolloin tuo kyltymätön himo sai polttavan aallon kuohumaan myös Oqyrin sisällä, koko hänen vartalossaan. Se vyöryi hänen lävitseen valtavana voimana, eikä hänen oma elimensäkään ollut enää levossa. Oqyr tunsi sen vavahtelut, kuinka se reagoi yhdessä Gregonin kalun kanssa. Kiimainen polte sai heidän yhteisen himonsa kasvamaan suorastaan mielipuoliseksi.

Oqyrin kieli oli vilkas. Hänen huulensa olivat vahvat, silti kiusoittelevan hellät. Hänen ei tarvitsisi jatkaa tätä leikkiään pitkään saadakseen miehen laukeamaan, mutta sitähän Oqyr ei halunnut – ei ihan vielä. Ensin hän antaisi Gregonin todella kokea olevansa elossa, joka ikisellä solullaan tunteva *Ihminen*.

Kuin itsestään Oqyrin sormet pyrkivät miehen pakaroiden väliin samalla, kun hänen toinen kätensä tuli huulien seuraksi kalun varrelle päätyen siitä hetkeksi hyväilemään kiveksiä. Hitaasti, mutta määrätietoisesti, Oqyr liu'utti huuliaan kivikovan elimen vartta pitkin, pyöräytti kieltään terskan ympärillä, kunnes antoi koko komeuden pudota kevyesti pois suustaan.

Hengästyneenä Oqyr kohotti kasvonsa, jolloin miesten Meren syvyyksiä hohtavat katseet tavoittivat toisensa. Eikä se ollut ikuisen elämän paloa, joka niissä nyt hehkui, vaan heidän katseensa olivat täynnä kliimaksin janoa. Oqyrin olisi annettava periksi ja saatettava Gregon huippuunsa, vaikka hänestä tuntuikin suunnattoman kihelmöivältä nähdä, kuinka Gregon kiemurteli hänen otteissaan.

Tuo miehen tuskaiseksi yltynyt tyydytyksen nälkä voimistui entisestään, kun Oqyrin hierovin liikkein etenevät sormet löysivät oman seikkailunsa, tiensä peräaukolle, jolloin yksi sormista livahti vieläkin pidemmälle. Vain vähän, mutta riittävästi saadakseen huokauksen karkaamaan Gregonin huulilta. Samaan aikaan toinen käsi vaelsi härnäten nivusissa, sormet koskettelivat kiveksiä ja välillä kosketus kävi kalun juurella kuin ohimennen.

"Hemmetti", Gregon murahti kuuluvasti. "Ime nyt sitä, jumalperkeleet sentään."

Kujeileva hymy pyrki Oqyrin kasvoille. Hitaasti hän antoi sormensa painua syvemmälle Gregonin sisälle, kun samaan aikaan äärimmilleen kiihotettu, kovana sykkivä elin pääsi kiveksiä hyväilleen käden puristavaan otteeseen. Halukkaana Oqyrin kieli lipoi terskan päätä, pyörähteli sitten vahvana sen ympärillä, kunnes Oqyr antoi kyrvän työntyä takaisin suuhunsa. Gregon manasi yhä puolittain ääneen, Lohikäärmesyntyinen mies piinasi häntä hulluuden partaalla.

Gregonin hengitys yltyi entistäkin kiivaammaksi. Hän oli pakahtua tähän tunteeseen, jossa ikään kuin mikään ei riittänyt ja silti kaikki oli liikaa. Kuinka paljon hän halusikaan Oqyrin saattavan hänet moisen kiduttamisen sijaan huipulle, kunnolla loppuun asti ja enää aikailematta. Gregon ojensi toisen kätensä Oqyria kohti ja antoi sormiensa sukeltaa tämän otsalta alkavan löysän palmikon sekaan.

Miehen ote oli luja, vaativa. Oqyr aisti, kuinka Gregonin mieli ja keho huusivat armahdusta, täyttymystä. Lohikäärmesyntyinen saisi ottaa hänet nyt oikeasti, ei enää mitään kutitteluja tai nuoleskeluja, vaan kunnon panoa. Gregon tunsi kiusoittelevan sormen yhä sisällään ja halusi sen vieläkin syvemmälle, jolloin Oqyr vastasi toiveeseen. Hän oli täysin valmis antamaan miehelle kaiken, mitä tämä kerjäisi.

Raskaasti huokaisten Gregon tarttui kiinni toiseen Oqyrin valkeista sarvista, jotta voisi määrätä tahdin – jotta voisi kunnolla työntyä syvemmälle tämän suuhun. Huulet puristivat tiukasti, juuri niin kuin niiden kuuluikin. Hän olisi enää vain parin työnnön päässä järisyttävästä orgasmista.

Oqyr otti vastaan Gregonin vahvat työnnöt. Hän kyllä pystyisi ottamaan vastaan kaiken, mitä Gregon hänelle tarjoaisi. Eikä hän tuntenut epävarmuutta Gregonin määrätietoisista, jopa käskevistä otteista. Vaan päinvastoin, vihdoinkin hän tiesi tarkalleen, mitä Ihmissyntyinen häneltä halusi.

Tunne oli aistit räjäyttävä. Gregonin lantio nytkähti rajusti, kun lasti syöksyi matkaan. Oqyr tunsi miehen kehon vavahtelut ja poimi hänet vahvojen käsiensä lujaan otteeseen. Voimattomana täristen Gregon rojahti maahan selälleen, jolloin Oqyr antoi huuliensa vielä liukua spermaisen kalun varrella – kunnes viimeinenkin pisara tuli imaistua miehestä ulos.

Gregonin hengitys oli yhä raskas ja katkonainen, kun Oqyr asettui hänen vierelleen ja veti miehen syliinsä, puristi tiukasti rintaansa vasten. Miten valtavan paljon hän Gregonia rakastikaan. Aivan liikaa!

Joten kuinka hän voisi päästää Gregonista irti? Kuinka hän voisi päästää miehen pois sylistään tietäen, ettei tämä tulisi siihen enää koskaan takaisin. Olisi turhaa uskotella itselleen mitään muuta, sillä Gregon ei muuttaisi mieltään.

"Olen nyt tässä, sinua varten... Joten annan sinulle tämän hetken. Tee, mitä ikinä haluat. Sano nyt kaikki ne sanat, mitä ikinä tahdot – mutta sen jälkeen unohda tuo kaikki."

Niin Gregon oli luvannut ja vaatinut myös Oqyria lupaamaan. Lupaus oli lupaus, heiltä molemmilta. Oqyr ei voisi pyytää tältä enempää. Lähestyvän luopumisen tuska pakotti hänet puremaan huultaan, jottei hän olisi purskahtanut itkuun. Kaikki oli ollut hetken aikaa liian täydellistä, joten olisiko sittenkin ollut parempi olla kokematta siitä mitään.

Kyyneleet pyrkivät väkisin Oqyrin silmiin, kun hän painoi suudelman Gregonin otsalle. Tämä elämä, jonka he olivat saaneet, oli kerta kaikkiaan syvältä pahimmasta jumalperkeleestä. Tämä elämä ei ollut mitään sellaista, mitä heistä kumpikaan olisi pohjimmiltaan halunnut. Heille ei ollut alun perinkään annettu mitään – ja sitten se mitättömyyskin oli viety heiltä pois.

Gregon vetäytyi irti Oqyrin otteesta, mutta jäi puolimakuultaan katsomaan surun ja tuskan täyttämää Lohikäärmesyntyistä.

"Olen tässä", Gregon kuiskasi ääneen. "En lähde vielä mihinkään. Ja senkin jälkeen olen rinnallasi, en ole katoamassa pois, tiedät sen varsin hyvin."

"On eri asia seistä rinnallasi sodassa kuin pidellä sinua sylissä", Oqyrin huokaus värisi kuin ilmassa pyristelevän, kuolevan perhosen siivet.

"Älä tee siitä erilaista – eriarvoista."

"Se *on* minulle eriarvoista, en pysty muuttamaan

totuutta. En pysty uskomaan omiin valheisiini. En pysty pakottamaan itseäni Meren lapseksi, kun en ole sitä kuin vain puolittain – jos niinkään paljon."

"Nauti siis vapaudestasi, kun sinun ei tarvitse sitä tunnetta hakemalla hakea", Gregon kehotti noustessaan jalkeilleen, jolloin Oqyr painoi katseensa maahan. Hän ei voisi estää Gregonia lähtemästä, jättämästä häntä yksin.

Mutta aivan kuten Gregon oli sanonut, hän ei ollut lähdössä mihinkään. Kiirehtimättä mies käveli Oqyrin taakse ja antoi kätensä liukua tämän Lohikäärmeselän päällä, jolloin väristykset Oqyrin iholla saivat suomut nousemaan koholle. Gregon aisti esiin pyrkivän jännittyneisyyden, mutta siitä välittämättä hän kiersi Oqyrin toiselle puolelle, missä asettui tämän vierelle istumaan ja nojasi selkänsä suomuilta paljasta alavatsaa vasten.

Oqyr paranteli jalkojensa asentoa, kietoi häntänsä takajalkojensa päälle piilotellakseen Gregonilta jotain, mille hän ei rohjennut kaivata huomiota.

"Annoin itseni sinulle, kokonaan. Joten miksi olet valmis antamaan itsestäsi minulle vain pienen osan? Tiedän, että pohjimmiltasi tahtoisit antaa enemmän. Ja sinä tiedät, etten aio suostutella sinua."

Oqyr hätkähti miehen suorasukaisuutta. Vaan jos hän suostuisi puhumaan tästä Gregonin kanssa, tämä ehkä viipyisi hänen luonaan vielä edes vähän aikaa.

"Katso minua", Oqyr aloitti. "Omalla mantereellani, Opalissa, olin aivan tavallinen. Vaikka olisin etsinyt, en olisi löytänyt itsestäni mitään, mistä en olisi pitänyt. Tarkoitan – olin vahva, terve, taitava lentämään."

"Olet sitä kaikkea yhä", Gregon totesi.

"Mikset osoita mitään ymmärrystä? Olen kuin joku hemmetin Zeir! Sarvipäinen, nelijalkainen hirviö! En ole kuten muut kansat tällä mantereella. Ulkomuotoni on *epäinhimillinen.*"

"Nuo ovat omia sanojasi. Minä en ole ajatellut mitään tuollaista, enkä näe sinussa ripaustakaan Zeiriä. Ne ovat aivottomia vuorten rinteillä loikkivia eläimiä. Kuinka edes voit verrata itseäsi niihin? Jos sinua pitäisi johonkin verrata, vertaisin sinua Örkkeihin, joita paljon viisaampi ja vahvempi kuitenkin olet."

Oqyr oli vaiti. Hänen oli vaikeaa uskoa todeksi, että Gregon todella saattoi nähdä hänet muiden kansojen kaltaisena.

"Kuulumme samaan kansaan. Et ole Lohikäärme sen paremmin kuin minä Ihminen. Olemme jotain muuta... Ja jos et koe olevasi puhdasverinen Epäkuollut, olet sitä silti riittävästi, minulle. Olet vahva osa tätä armeijaa, jonka voimalla iskemme jumalia vastaan. Tuhoamme ne hemmetin perkeleet, jotka loivat kansansa leikkikaluikseen. Ja tämä hetkemme olkoon osoituksena Merelle, että se on yksi niistä paskiaisista, joiden edessä emme enää kumartele."

Oqyr piti kuulemastaan ja oli aikeissa vastata Gregonille, mutta nielaisi sanansa saman tien. Hän kadotti ajatuksensa tuntiessaan miehen käden laskeutuvan juuri sinne, minne sen ei olisi pitänyt vahingossakaan eksyä. Oqyr liikahti hermostuneesti ja työnsi reidellään Gregonin käden pois elimeltään, jota pyrkimyksestään huolimatta ei ollut saanut parempaan piiloon. Edes heidän puheenaiheensa eivät olleet ehtineet saada Oqyrin erektiota sammumaan.

Seuraavaksi Gregonin käsi laskeutui Oqyrin jalalle. Jälleen täysin luontevasti, aivan kuin mies olisi vain etsinyt paikkaa kädelleen. Silti Oqyr tiesi, ettei aikaisempi kosketus ollut vahinko.

Auringot painuivat piiloon Suurten Vuorten taakse. Laaksossa ei kuulunut nyt muuta kuin vesiputousten äänet. Kaukana järven toisessa päässä loisti tuli, jonka liekkien räiske hukkui hiljaisuuteen, kuten myös tulen äärellä viipyvien Epäkuolleiden puheet ja ajatukset. Onneksi kukaan heistä ei ollut ehtinyt kaivata Gregonia tänä aikana, jona Oqyr oli saanut pitää miehen itsellään.

Gregon silitteli Oqyrin paljasta ihoa, jolla nousevien kuiden valo sai opaalinsävyt hehkumaan. Hän antoi kätensä luisua Lohikäärmesyntyisen miehen sisäreidelle, jolta palautti kosketuksensa jalan etukautta suomujen rajaan ja työnsi sormensa syvälle niiden sekaan. Kuinka hyvältä se tuntuikaan.

He olivat kumpikin lukematta toistensa ajatuksia, jolloin Oqyr vähän kerrassaan rentoutui. Hän keskitti mielensä Gregonin käteen, kosketukseen, silitykseen – tuohon tunteeseen ihollaan, joka hyväili häntä tavalla, jota hän ei ollut koskaan ennen kokenut. Vaan mitä hän sitten oli kokenut?

Muistot menneestä elämästä tuntuivat kaukaisilta, utuisilta, eikä tämä ollut oikea hetki niiden muisteluun. Ilman muistojaankin Oqyr tunsi kehonsa, kauttaaltaan ja läpikotaisin. Se oli hänen oma kehonsa. Tuo suomuinen lisko, jota Gregon välittömin mielin hyväili, vaikka hänelle se oli väistämättäkin vieras, outo. Gregon ei voinut tietää siitä kaikkea, kuten ei Oqyrkaan ollut kokeilematta tiennyt, mistä Gregon tarkalleen ottaen piti.

Heidän ympärillään vallitseva tunne paljasti, että Gregon olisi valmis tekemään kaiken, mitä Oqyr pyytäisi. Pelkkä ajatus siitä sai Oqyrin sykkeen nousemaan ja hengityksen syvenemään, kunnes hän jähmettyi aloilleen ja pidätti hengitystään. Hän keskittyi entistä tiiviimmin Gregonin käden liikkeeseen, sen viettelevään kosketukseen. Voisiko hän pyytää tältä mieheltä jotain vieläkin enemmän? Siitäkin huolimatta, että oli saanut jo enemmän kuin oli osannut toivoa.

Hän oli halunnut antaa Gregonille tämän pelkkien tuntemusten tilalle aitoja tunteita. Hehkuvan kuumia, mielen räjäyttäviä suuria tunteita, kehon tajuttomaksi lyöviä aistimuksia, jotka saisivat miehen hetkeksi unohtamaan Meren ja joka ikisen jumalan. Ja mikä parasta, Oqyr oli onnistunut siinä. Joten olisiko liian itsekästä tavoitella vuorostaan myös itselleen jotain samankaltaista?

"Kuulen sinut, vaikkei se ole tarkoitukseni, mutta halusi yltyy varsin äänekkääksi", Gregon paljasti herätellen Oqyria noista syvistä mietteistä. "Ohjaa minua –

niin annan, mitä haluat. Toinen vaihtoehto on, että menen nukkumaan."

Oqyr värähti, ja hänen keuhkonsa ahmaisivat ilmaa. Uhkailiko Gregon häntä? Joskin mies oli oikeassa, ilta oli karkaamassa yöksi. Oqyr ehkä jaksaisi valvoa läpi yön Gregonin rinnalla vain tämän läsnäolosta nauttien, mutta mies tuskin viipyisi hänen luonaan yhtään tämän pidempään ilman mitään syytä.

Olisi ollut silkkaa valehtelua yrittää uskotella, ettei Oqyr muka janonnut Gregonin kosketusta myös johonkin muualle. Entä jos Gregon koskettaisi, nuolisi, imisi häntä Lohikäärmeiden tavoin ja tukahduttaisi hänen hengityksensä, räjäyttäisi hänen tajuntansa... Totta hemmetissä Oqyr halusi sitä!

Viimein Oqyr päästi mielensä ohjaamaan Gregonin kättä. Hän kutsui sen liukumaan paljaan vatsansa iholla, jolloin kärsimättömäksi riistäytynyt himo johdatteli käden liiankin pian perille. Houkutteli kosketuksen Oqyrin siiven juurelle, jolloin siellä olevat vesipisaran muotoiset sieraimet värisivät mielihyvästä.

Gregon oli nopeasti tietoinen siitä, mitä Oqyr häneltä toivoi. Miehen kämmen painautui hellästi näitä suuria sieraimia vasten, jolloin Lohikäärmesyntyinen sulki silmänsä, pidätti hengitystä kyljissään olevilla sieraimillaan ja veti väristen suunsa kautta syvään henkeä. Nyt hänen olisi pärjättävä jonkin aikaa ilman vahvempia keuhkojaan, sillä ne olivat poissa pelistä – mutta juuri se oli osa nautintoa.

Gregonin käden kosketus tuntui jumalallisen hyvältä ja ajatuskin siitä, mitä vielä voisi olla tulossa, sai Oqyrin suomut kohoamaan pystyyn. Voi Meren tähden, kuinka paljon hän Gregonia halusikaan, mutta ehkä mies saisi ensin vähän leikkiä.

Oqyr kutsui kosketusta pidemmälle, rohkaisi sitä vahvemmaksi, jolloin Gregonin sormenpäät painuivat ylimmän sieraimen sisään. Heitä ympäröivä tunne paljasti, ettei Ihmissyntyinen oudoksunut tätä. Empimättä miehen sormet tarttuivat värisevän sieraimen reunaan, kun samaan aikaan hänen peukalonsa työntyi sisälle alempaan sieraimeen. Gregon luki esteettä Oqyrin mieltä, tämän tunteita. Hän aisti täydellisesti ja viiveettä, minkälaista nautintoa tälle tuotti – ja se riitti kertomaan, kuinka edetä.

Oqyr saisi pian kokea, miltä tuntui olla äärimmilleen härnätty, kun halu ja tyydytyksen tarve yltyivät sietämättömiksi. Jopa liiankin taitavasti Gregon kiusoitteli

Oqyria sormillaan, kielellään, hengityksellään, huulillaan – viemättä mitään kuitenkaan riittävän pitkälle. Aivan kuin hän olisi painostanut Oqyria rukoilemaan, että mies sittenkin siirtyisi takaisin hänen kovana odottavan elimensä pariin.

Gregon varmasti kuuli hänen toiveensa, mutta nyt miehestä olikin tullut tottelematon. Eikä Oqyr voinut tässä lamaannuttavassa, tuskallisen kiihottuneessa, mielentilassaan muuta kuin pyrkiä nauttimaan suorastaan järjettömäksi muuttuneesta mielihyvästä. Hän päästi himonsa täysin vapaaksi. Antoi tarpeensa kasvaa ahnaaksi, kun Gregonin sormet määrätietoisesti venyttivät hänen periksi antavia sieraimiaan, joiden sisällä kiimasta paisuneet rauhaset sykähtelivät vastauksiksi miehen vaeltelevan kielen kosketuksille. Ja mitä enemmän Oqyr halusi, sitä vahvempia ja rohkeampia nuo kosketukset olivat.

Normaalisti tällainen oli Lohikäärmeillä silkkaa esileikkiä, mutta tällä kertaa Oqyr oli ollut valmiiksi niin äärimmilleen kiihottunut, ettei tämä tuntunut enää miltään seksiin houkuttelevalta koskettelulta. Tunne oli kerrassaan säkenöivän kuuma. Gregon saisi hänet tulemaan hetkenä minä hyvänsä – se olisi jo tapahtunut, ellei Oqyr olisi pyrkinyt pidättelemään ennenaikaista laukeamistaan. Hän ei ollut kärsinyt tällaisesta koskaan ennen. Gregon oli hänelle liikaa.

Juuri kun Oqyr oli antamassa periksi, päästämässä itsensä nautinnon huipulle, Gregon yllättäen jätti leikkinsä kesken. Osin pettyneenä, osin helpottuneena, Oqyr huohotti kumarassa ja nojasi kyynärpäällään maata vasten. Hän oli ollut lähellä menettää tajuntansa. Kuinka hemmetissä Gregon saattoi olla tuollainen?!

"Olen juuri sellainen kuin mitä toivot minun olevan", mies totesi matalalla äänellä istuutuessaan takaisin sinne, minne Oqyr oli ehtinyt häntä jo kaivata.

Gregon nojasi selkänsä jälleen Oqyrin alavatsaa vasten ja sai miljoonat väreet juoksemaan Oqyrin keholla antaessaan kätensä palata tämän reidelle. Vain reidelle, mutta sekin riitti yllyttämään poltteen Oqyrin sisällä kihelmöiväksi. Reideltä käsi liukui odotetusti suomujen rajaan, sukelsi niiden sekaan, palasi iholle, kiusasi ja härnäsi – mutta tätä jatkui ainoastaan sen aikaa, että Oqyrin kiivas hengitys ehti tasaantua syväksi huokailuksi.

Kosketuksen vaeltaessa seuraavaksi sisäreiden puolelle osasi Oqyr jo ennakoida käden pudottautuvan hänen malttamattomana odottavan kalunsa varrelle. Janottu kosketus sai elimen vavahtamaan voimakkaasti. Tunne oli kerrassaan mieletön, kun Gregonin käsi jatkoi täysin luontevasti näitä hyväileviä silityksiään hänen valtavan elimensä varrella.

Pian seuraksi tuli miehen toinenkin käsi, jolloin Oqyr puristi maata nyrkeissään. Hänen huuliltaan purkautui syvä murahdus, kun samaan aikaan hän toivoi ja pelkäsi sitä, kuinka pitkälle Gregon olisi valmis menemään. Tuo polttava ajatus, yhdistettynä miehen käsien liikkeisiin, tuntui kuitenkin olevan jo liikaa. Gregon oli ehtinyt härnätä hänet aivan äärirajoille.

Oqyr tunsi täyteen mittaan paisuneen elimensä nytkähtelevän, kun Gregon pyöritteli sormiaan sen päässä. Viime hetkellä kädet puristuivat kyrvän ympärille, juuri sopivan napakasti. Käsien liike oli rauhallinen niiden liukuessa vahvoina kertaalleen edestakaisin. Ja kun Gregon sitten kumartui nuolemaan kämmentensä välistä paljastuvaa kalun vartta – vieden kielensä aina sen juureen asti – Oqyr sai täyttymyksensä.

Se tuntui vyöryvänä aaltona koko hänen kehossaan. Aivan kuin jokin olisi räjähtänyt hänen sisällään ja kuohunut ympäriinsä tyydyttävänä poltteena. Oqyr puri huultaan, kunnes Gregon ymmärsi hellittää otteensa hänen elimestään. Ilma pakeni Oqyrin keuhkoista valtavalla voimalla, kun hän viimein henkäisi syvään myös siipiensä luona olevilla sieraimillaan. Ne olivat yhä äärimmäisen herkät, ja tunne sai Oqyrin voihkaisemaan. Nähtävästi hänen ei kannattaisi hetkeen liikahtaakaan, vaan antaa kehonsa palautua vähän aikaa.

Epäilemättä tämä oli ollut hänen elämänsä voimakkain orgasmi. Kukaan toinen, ei yksikään, ei millään mantereella, olisi voinut tuottaa hänelle näin täydellisen nautinnollista kliimaksia.

Gregon kohotti Oqyrin leukaa kevyesti sormillaan, jolloin Lohikäärmesyntyinen havahtui huomaamaan miehen siirtyneen hänen eteensä. Heidän viimeinen suudelmansa oli hellä, hidas, pitkä. Oqyr saattoi kuvitella Gregonin yhtä lailla pelkäävän sen päättymistä. He tuskin enää koskaan kokisivat mitään tällaista, sillä sota oli liian lähellä.

Vaan entä sodan jälkeen? Oli vaikeaa kuvitella mitä tuona aikana tulisi tapahtumaan – ja tulisiko sitä edes. Sodan jälkeinen aika tuntui liian kaukaiselta, jotta sitä olisi voinut kunnolla edes ajatella. Se tuntui elämältä, jota tässä maailmassa tuskin koskaan olisi, mutta silti siihen olisi pakko yrittää uskoa.

"Minä menen nyt", Gregon kuiskasi Oqyrin huulia vasten. "Joten anna minulle oma lupauksesi, jonka niin ikään myös pidät."

Oqyr ei vastannut, sillä lupaaminen tuntui särkevän hänen sydämensä.

Gregonin katse hakeutui miehen silmiin. "Lupaa, ettet tavoittele tällaista enää uudestaan. Olet kuin tätä ei olisi tapahtunut, et muistele tätä. Vaikka kantaisitkin jotain tästä sydämessäsi ikuisesti, älä säilytä tästä muistoja, älä ainuttakaan ajatusta. Minä lupasin, joten nyt on sinun vuorosi luvata – ei minun, vaan itsesi vuoksi."

Gregon ei jäänyt odottamaan vastausta, sillä hän tiesi, ettei Oqyrilla olisi vaihtoehtoja. Kuin hidastetusti mies luisui Oqyrin otteesta ja poimi vaatteet mukaansa, kunnes käveli vähän matkan päässä olevalle laavulleen.

Pilvet kerääntyivät taivaalle ja peittivät kuut. Oqyr katseli laavulle pitkään. Hän tunnusteli Gregonin läsnäoloa ja tunsi, kun tämä viimein nukahti. Kaikki Oqyrin ympärillä muuttui hiljaiseksi ja autioksi. Vesiputousten hyräily ei yltänyt hänen korviinsa, eikä lohduttavana kuiskaava tuuli. Kesäyön lämpö ei tuntunut hänen ihollaan, eikä maanrajaan hiipivä usvainen kosteus. Pimeys, jota hän ei nähnyt, ei riittänyt kätkemään näkymätöntä tyhjyyttä, joka tänä hetkenä kietoutui tiukasti hänen ympärilleen.

"Minä lupaan... mutta vain tässä elämässä", Oqyr viimein kuiskasi periksi antaen.

Hänen ei tarvinnut enää muistaa, ei kaivata. Ei tavoitella mitään uudestaan, ei edes ajatella. Sillä se riitti, että hän rakasti – silloin, nyt ja ikuisesti.

Qyamian kirjat
Skessa Kaukamaa

Qyamian kirjat I
Zequera Kätketty
(2019)

Tämä on tarina selviytymisestä, vihasta, ennakkoluuloista ja rakkaudesta. Nane jää lapsena orvoksi, kun Örkit tappavat hänen vanhempansa. Siitä alkaa hänen pitkä tie kohti anteeksiantoa – sillä vain sitä kautta hän voi luopua vihastaan. Nanen matka on yllätyksiä täynnä, eikä hän voisi koskaan kuvitellakaan kenen kautta hän lopulta löytää elämäänsä rauhan – ja rakkauden.

Qyamian kirjat II
Falqure Kahlittu

(2020)

Vaiennut Meri on saattanut kansansa umpikujaan. Ja mikä pahinta, Qyamiaa vastaan on nousemassa uusi uhka – itse jumalat. Ne ovat kääntyneet luomaansa vastaan ja haikailevat Merta puolelleen. Joten onko Qyamian tuho sinetöity lopullisesti, kun Suuret Vuoret ovat menettäneet merkityksensä yhtä lailla kuin Epäkuolleetkin...

Mutta maailmasta löytyy kuitenkin eräs, joka on päättänyt viedä kansansa siihen sotaan, jota varten heidät on luotu. Epäkuolleiden johtaja, Gregon.

"Entä sinä, tahdotko sinä tuhota vai pelastaa tämän maailman?"

Tulossa:

Qyamian kirjat III
Valeqora Kuolematon
(2022)

Qyamian Kirjat
~ *pienoisromaani* ~
Mies vailla nimeä

CPSIA information can be obtained
at www.ICGtesting.com
Printed in the USA
BVHW071302120721
611737BV00007B/303